作者簡介

曹昌堯　教授

現任

中山醫學大學　副校長
台灣網路醫學教育資訊學會　理事長
台灣胸腔暨重症加護醫學會　監事
台灣肺癌醫學會　理事
台灣結核病醫學會監事
考選部醫師、牙醫師考試審議委員會委員
考選部醫師國家考試題庫命題委員
考選部呼吸治療師國家考試題庫命題委員
考選部典試委員
行政院衛生署疾病管制局諮詢委員

學歷

長庚大學醫學院臨床醫學博士
哈佛大學醫學院麻州總醫院研究員
高雄醫學院醫學士畢業

經歷

中山醫學大學醫學院　院長
中山醫學大學附設醫院　副院長
中山醫學大學醫學系　主任
慈濟醫學中心　台北分院副院長
羅東博愛醫院　醫療副院長
林口長庚紀念醫院　胸腔一科科主任

曹昌堯　教授
facebook 個人專頁

心情與色彩對白

The color of Soul

攝影/新詩 曹昌堯

推薦序（一）

逢甲大學副董事長　高承恕

人生有些說不清楚的際遇就叫做緣分。跟曹副相遇，結了一份師生緣、朋友緣，十分珍惜。第一次上課見面，直覺上，這人就是聰明才子型，平常話雖不多，但言必有物。後來知道他是好醫生，又是副校長，還很有耐心地到逢甲大學EMBA唸書，這類人應是武功高強之輩。之後，愈來愈熟悉，又結伴去上海、北京旅行，知道他是攝影家、藝術家。最近閱讀了他出的攝影詩集，終於明白，他眞正靈魂深處是個詩人。

看集子裡的照片詩文，很唯美，有感動，更有份說不出來淡淡的悲傷。那有點像繁華落盡的秋天。他是好醫生，人生歡喜悲愁看多了，有悲憫卻屬一種內斂的溫熱。透過鏡頭，透過文字，那份感情似重若輕。這年頭，寫詩的人本來就稀有，又是這樣的組合，我就自告奮勇寫幾句話，表達欣賞，作爲記憶。

高承恕
逢甲大學副董事長
2014年夏於台中

推薦序（二）

余忠仁 教授　台灣大學醫學系教授
台大醫院內科部主任

攝影是件複雜的事情，光線與構圖，按下快門後一切都成定局。大師說攝影作品要掌握決定性的瞬間（亨利布列松），要掌握光線與可視性（安賽爾亞當斯），要讓觀賞攝影圖像的人能產生斷然的體悟與心靈的悸動，感受創作者當時的思考與感動。這過程沒有文字，但充滿無聲的語言。

詩，是文字所組成，但音律中流動，帶出心靈的圖像與感動。

曹P這本以攝影為媒介的詩集，以詩句帶領，藉由微觀與巨觀的影像，談論愛情，談到思念，談到人生百態，談到對社會不義的忿怨，對生活勇者的尊重與弱者的關懷，一口氣讀來，視覺，聽覺與心靈交互震盪，有些場景似曾相似，有些感受也似曾有過，尋常的圖像配著動人的文字，特異的場景自有視覺的力量。生活匆匆，回顧剎那之間的光影略過，感動閃過，我們是否都已體會生命的甜美與苦澀？

余忠仁
台灣大學醫學系

推薦序（三）

詩的榮耀
——讀《色彩與心靈互辯》話語

莫渝　笠詩社 總編輯

這是一冊從校園溫床綻放的詩花。醫學大學副校長要出版一本書，書名《色彩與心靈互辯》，色彩指「彩色攝影」，心靈指「詩」，作者現職是校園高階「行政人員」。這是一位醫學校行政人員的心靈結合影像的書。

不過，作者似乎較強調「詩集」。就從「詩」的面向先談起。詩人，沒有誰是專業詩人。詩園，也沒有門檻，人人得以自由、隨時的進出。

校園，是文藝的溫床。校園，通常指高中及大專院校。詩，是文藝中最青春最美的花朵。通常的認知，醫學校的校園裡，學生是人中之龍鳳，是精英群，高智能天賦的英才。台灣南北兩大醫學大學：高醫和北醫，校園內分別有延續傳承式的阿米巴詩社和北極星詩社，都為台灣詩壇孕育了傑出的醫生詩人。曹副校長昌堯先生出身高醫（高雄醫學院，高雄醫學大學）。1985年前衛版的《阿米巴詩選》內，收錄其兩首詩〈望窗〉、〈七里香〉，為1981年與1982年之作。時隔三十年，集結了新舊詩作80首，似乎要向學界或詩壇宣示：詩的榮耀（我，不只是醫生、醫校行政者），我，向詩靠攏！

80首詩作，不分輯卷，也無內容歸類與寫作時間的順序編列。約略瀏覽，呈現截然兩個不同的寫作點：1970、80年代與2012、13、14年，詩集的主軸則充滿情愫沉澱的戀情詩。

1981年的〈望窗〉：「不知何時開始／望窗　變成一種習慣」，2012年的〈隔著窗的愛〉：「愛情轉得敏感／守候著窗變成一種習慣」。不論望著窗，或守著窗，作爲愛的媒介物「窗」，靜止不動，儘管歲月流逝，詩人凝固時間，因爲他相信不變的是「情」，堅守的也是「情」。這樣昔今對照或呼應，在詩集內常見。

2013年的〈初戀〉：「那一年的愛情／／因爲　年輕所以／深情／／因爲　天眞所以／純潔／／因爲　無所求所以／諒解」，作者寫此詩，一方面回憶，也想以過來人諭知年輕輩，善待愛情的態度與方式：「把愛情燉好　像燉一道菜／仔細挑好素材　用最美的青春／最溫存的火　燉煮」。

2013年作品的〈沙灘〉乙詩，是昔今重現的佳例：

把自己橫躺　在
人潮喧嘩散去的沙灘
等待　潮水的到來
捲落到最冷　最遠的大海
深處　是淬煉如冰堅硬的
一顆心
擁有你層層　如果實呵護的
曾經是　年少的純眞把孤舟綑綁　是
一串相連糾結的故事
停留　空白的沙灘
等候你最眞　最美的晤談
解脫　在千年深海綑綁
的一段情
失去你呵護　殘留最深層的
原來是　體溫的思念

PS. Leave me alone！

整首詩很工整地排比兩段，前段自己，後段孤舟，彼此銜接，都是自我投影，都是「獨自」「孤單」的深情流露。兩情中失落的「己方」僅僅牢記昔時「擁有你層層　如果實呵護的」，今日「殘留最深層的／原來是　體溫的思念」，還用高層次的用語：「最冷　最遠」、「最真　最美」、「最深層」、「深處」、「千年深海」，標明情真意切的極致。「年少的純真」是我，「體溫的思念」是你。附記的「Leave me along！」更強調單獨承擔的無悔。回看〈望窗〉：「似有似無的　等待反而輕鬆／沒有責怪的無奈／低微看待　你的不在」，2012年的〈AUMA和AHR的愛情十字架〉：「彷彿不曾擁有／你一路帶走　也未曾回首」，以及2013年的〈棄船〉：「我選擇擱置／在你設定的最卑微　位址／停駛」等等，都是同樣心境的傳達，作者相信「Love is so Beautiful」，處理今昔兩階段的戀情詩，未曾改變，堅定又執著。用「始終如一」未免太俗，反不如「本性使然」較貼切，讓人由衷感佩。

說「情愫沉澱的戀情詩」，令人想到德國施篤姆（Theodor Storm ,1817~1888）的中篇小說《茵夢湖》，倒敘回憶性質的小說。敘述平靜沉著，有作者沉澱情緒昇華戀情的道德修養。將現實的挫折轉轍，變成醫甕裡最甜美的憶念素材，時時追記。小說沒有一絲對命運反抗的痕跡，或對上帝發出抗議的聲音，似乎帶著逆來順受的宿命，在淡淡的回溯中，舔吮生命賜予思念的甘美，流露人生中最真實足堪永恆的意趣：創造情調，留下甜美。

回看詩集，2014年的〈思念〉起筆：「思念　是冷天抱緊寂寞/回味　有你陪伴的溫暖」，〈思念威士忌〉：「越是濃郁的　愛情/入喉後越是叫人　心碎/已經過了浪漫的年歲/卻因爲陳年　讓人陶醉/我愛你一如　威士忌的品味/原想淺酌卻又喝醉」等等，予人感受柏拉圖式形而上的精神戀愛，而非時下流行「情慾」「情色」的腥味書寫、或下半身書寫。

提到柏拉圖，不能不提出他的名言：「戀愛時，人人皆詩人。」愛的激情，觸發人人尋找最美的文詞蠱惑對方，贏得青睞，博取芳心。也許事後「此情可待成追憶，只是當時已惘然。」追憶時不論遺憾痛苦或甜美，於此之前，人人卻像撲燈之蛾，向情火直奔而去。情愛的選擇，儘管出現惘然抑擁有，都是每個人單讀面對、學習與承受的課題。

說「兩階段的戀情詩」，是舊戀沉澱，抑新戀激揚，不得而知。但生活中總需要新的期待。日治時期鹽分地帶詩人莊培初（青陽哲）的短詩〈壺〉：「在什麼時候變得很冷的這壺裡/有什麼戀情可以投下/來裝些酸棗吧/那是不管用的/這壺裡需要一些戀情」莊培初這首〈壺〉，他不要在「壺」裡裝添看得到摸得著的實用品，他要放入抽象的精神層次的「戀情」。酸棗是食品，可填補食欲，詩人要的是另一層次的解渴止饑——戀情。愛情與麵包孰重？因人而異。詩人借〈壺〉言說對愛戀的期待。

年輕時，詩是激情爆發的青春文學。晚年，詩是反省文學，是感情沉澱的晴空文學。如此，似乎解說了曹副校長從阿米巴詩社時的寫作，跳脫三十年的空白，〈這空白，是〈沙灘〉

詩裡：「停留　空白的沙灘／等候你最眞　最美的晤談」？）在晚近幾年，重拾詩筆，以戀情詩向詩壇靠攏。

至於本書的另一半：攝影，應是作者衆多才華逐一展演的細膩面向。作者用詞「互辯」，有些是詩與影像的對立辯證，有些是平行的辯證，有些則是交織的共融，純由閱者／觀者領會。

莫　渝　2014.04.13

推薦序（四）

小確幸中的大省思——看《心情與色彩對白》

何信翰 教授　中山醫學大學台灣語文學系副教授

這本《心情與色彩對白》是曹昌堯副校長第一本的詩集——其實，與其說是詩集，不如說是「詩集兼攝影集」更恰當，因爲書裡頭中所有的照片都是曹副校長自己拍攝的——從這本精美如禮物般的詩集中，可以感受到一個具有人文素養的醫者，如何來看待周圍的世界。

這本詩集中的每首詩，都有一個美麗的名字：「咸豐草的告白」、「浦公英的身世」、「秋天的最後一場雨」「讓長椅與天空獨白」……一個個清新可人的標題，伴隨著一張張美麗的照片，帶領著讀者跳脫人間的炎熱、煩悶、擁擠，進入詩中的平靜與喜悅。身爲詩人，愛情是永遠的主題；身爲醫師，生命是主要的關心。

在詩人的詩中，可以感受到這兩個面向的美好結合：「多次急救搶回的愛情／心跳仍有　卻無法 hold 住／強心劑僅延長一夜情的氣息／沒有規則的跳動／我們都不願意簽署 DNR／讓愛情在生與死　擺盪」（〈愛情需要 CPR〉），將危如累卵的愛情，比喻成急救中的病人；「孤挺花總是開在清明前後，只是脆弱的花莖常常撐不住一個雨季，倒枝落地、花開花落！讓我想起一位年輕美麗的女性肺腺癌病人，臨終前她對他的先生和稚子的一句對白：『我愛你』」（〈孤挺花的凋落〉），用孤挺花來比喻病人……等等，以及其他描寫病患的詩。雖然這些和醫學相關的詩裡寫的大多是死亡的案例（畢竟死亡總給我們帶來最大的衝擊！），但透過詩人的筆，死亡的冰冷被親情的溫暖、平靜的放手所取代——「每晚　一樣我爲你　精心準備／晚宴　這代表我們　從來沒有／離開過你」（〈誰來晚餐〉）。「妳是最美的病人　永遠／不想放手　但終得選擇鬆手／接受妳最美麗的一次　告別／再會啦！　我的秀蘭馬雅」（〈放手，送給秀蘭馬雅〉）。

旅行，是詩集中另一個重要的主題。在詩中，旅行往往能讓人體悟人生，回歸最單純的本質。無論在〈鄉下人家〉、〈泊然之家〉的鄉下或是〈夜泳天幕〉的墾丁；無論是去到了西班牙（〈唐吉柯德遊俠傳〉）、英國（〈約翰男儂紀念牆的狂想〉），或是中國（〈麗江天堂〉），詩人在各種不同的風景中，看到了人生的眞諦，也找到了心情的平靜：「心如賽車　瘋狂衝刺或飆速／喧鬧不止　掌聲簇擁的虛無／才發現寂靜是　最美的音符／／」（〈城市迷航〉）。

詩集內容另一個令人驚艷的地方，就是詩的註釋（ps.）——在一般的詩集，註釋並不是詩的內容，它只是一個附加的、解釋作用爲主的雞肋。但在這本詩集中，文末的註釋卻是作爲詩的一部分，而且是詩中最美好的退場身影：「抵達流浪的終點才明白，／能讓心靈休息的地方，就／叫「故鄉」」（〈流浪的理由〉）；「世人比小丑擁有更複雜的面具！」（〈小丑之愛〉）；「追尋所有後，終於發／現，　無所追求才是最大／的幸福。凡事完美過了／才發現，缺陷是最自然／的優美。／／」（〈城市迷航〉）。這些註釋不但是最精練的句點，也點出了整首詩的主題和意境。它和詩的標題一頭一尾，讓每首詩從開頭到結尾，都維持最好的張力。

最後，站在文學傳播的角度來看，將詩集和攝影集結合，變成「詩中有像，像中有詩」的策略，其實是很成功的──在當代的文學理論來看，「文學」只有在讀者閱讀、和文本對話的過程中才會產生。所以無論內容多好，「如何吸引更多讀者」來看，才是文學首先要設想的問題。否則，以現代資訊爆炸、出版品滿溢的情形，寫得再好的作品若是不讓人有想翻開來看看的欲望，恐怕也不會對社會造成甚麼影響。這本《心情與色彩對白》以美麗的封面、封底和內頁照片來吸引讀者閱讀，完全符合了文學傳播的理想條件。

俄羅斯的大文豪托爾斯泰曾說：「如果要我解釋《安娜．卡列尼娜》這本小說究竟要表達甚麼，那我只好把它從頭到尾念一遍給你聽」。要認識這本美麗溫暖又有體悟的詩集到底要表達甚麼，最好的方法，同樣也是從頭到尾，一首一首的去品嘗它們真正的滋味。

2014.04.16 台中

心情與色彩對白

The color of Soul　攝影／新詩　曹昌堯

facebook 個人專頁

facebook 粉絲頁

詩集的再版說明與初版自序

今年5/28辦簽書會，不到二個月的時間，2000本的書就賣完了！真的要感謝所有的家人、朋友，沒有你們的鼓勵與支持就沒有這本書的出版，也不會有即將付印的第二版。

由於更換出版社，第二版將改變書名，內容也有一點修改；同時這一版將委託紅螞蟻圖書公司直接在全國各大書店與通路販售，如此就可以跟更多的朋友分享這本書的內容，也期待能獲得許多喜歡攝影與新詩的讀者的迴響。

每個人都是「素人攝影」師，從小孩到老人，從手機到專業相機，人人都在拍攝生活，幫自己和別人的生命作紀錄。「素人攝影」不做場景安排、不用模特兒，純粹隨興取景；用感覺拍攝心靈的感動，少了專業的技巧，沒有商業的味道，反而更貼切素民的心靈感動。每個人都可以從事詩歌寫作，看到美麗的場景和色彩，每個人都會有一些心情悸

動，過去兩年，我陸續的把這些悸動寫成文字，完成了一些照片與文字互動的詩篇。當這些文字與圖片放到「臉書」與朋友分享的時候，引起很多的迴響，因此有了編輯成冊的想法。

我寫詩的歷史很久，國中二年級的時候就曾經用「國語作業簿」完成我的第一本詩集，就讀高雄醫學院時，參加了學校的阿米巴詩社，寫了三、四十首詩，那時候詩社用手刻鋼板印刷，一本一本手工油印，看到自己的作品印在粗黃的紙上，讓年輕的心靈特別的驕傲與感動。這個大學社團後來產生了許多有名的醫生詩人，例如，曾貴海、江自得、田雅各。記得畢業後詩社出版了一本阿米巴合集，其中還收錄了我的兩首詩，「七里香」和「望窗」。

學校畢業後，在林口長庚醫院工作了二十年，出國進修、攻讀博士，一路拼到教授才在2003的一場世紀大災難「SARS」後重新醒來。從醫的過程讓我有機會看到許多人

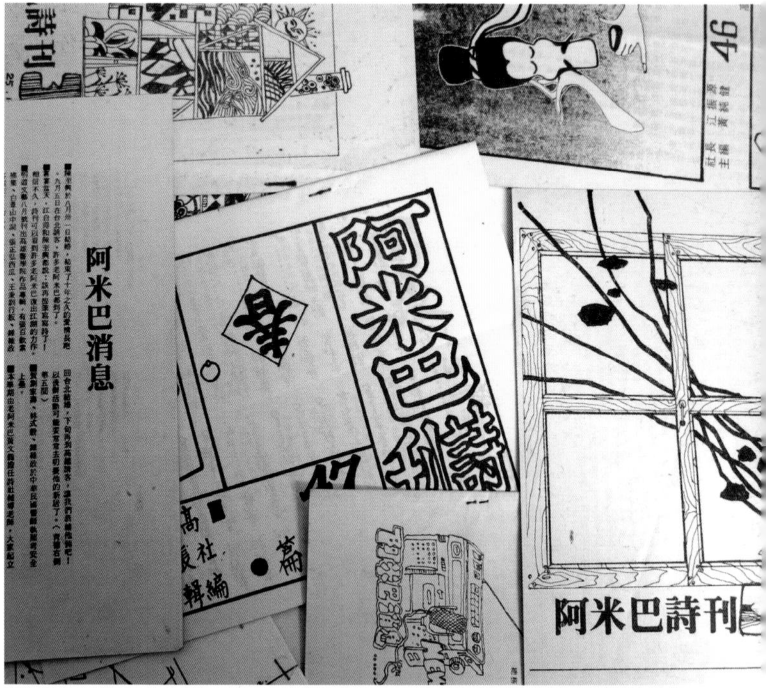

性的黑暗，卻也目睹一些動人的事件，體驗了人類最深層的善良與偉大。SARS之後決定離開長庚醫院，過一些不同的生活，2003-2005在慈濟醫院的兩年，證嚴法師和慈濟的師兄姊給了我很多的生命啓示，八年前來到中山醫學大學，從事醫學教育讓我體會人生的不同價值。也因爲這些多元的工作內容與生活體驗，兩年前，當我決定重新提筆寫詩時，覺得自己已經是人生的老鳥，感觸很多、體會很深。有一次，當我把「老狗」那首詩貼到臉書時，我的大學同學給我的留言，寫道：「同學，你是在寫我嗎？」更讓我驚覺自己已經來到老狗的年齡，具有了老狗的心境。

出一本書就像生一個小孩，滿心歡喜的給這本書設計衣服、取個名字，叫它做「心情與色彩對白」是因爲整本書是用我的攝影照片與新詩孕育而成。四分之三以上的詩是先有了照片的場景，才依據這些心情的悸動寫出文字，剩

下的部份是先有了詩句再去拍攝或挑選呼應的照片。前者例如：咸豐草的告白，老狗，城市農夫；後者例如：愛情需要CPR和棋盤。整本詩集總共收錄了80首詩和超過100張的照片，每一首詩都在題目的旁邊加註了日期和編號。日期表示這首詩完稿的時間，編號是給這些詩做了大概的分類。依據詩的內容我把80首詩大約分成三個領域，書的前半部（L01-18,O01-13,P01-11, 共41首）收入一些有關愛情、感情的詩：L01-18這18首詩大多描述比較執著、困惑的愛情或感情，相反的，O01-13是一些熱血、青春的聲音，接著，P01-11這10首詩又是帶些細膩、甜美的溫情。後半的篇幅（S01-09,01-20, 29首）是描述生命的體會與生活的哲理，尤其有一些感動是來自我的臨床醫療工作：S01-

09這9首傾向生命的體認，帶有許多人生的順命與感慨，T01-21這21首詩表達了許多都市生活的盲目及空乏，年齡與時空交會的幻象。最後，編號X01-03的3首及Z01-06的6首，都是收錄我大學時期的作品，包括親情的描繪和一些年輕苦悶。詩的題目後方如果加入「revised修改」表示它們是大學時期的作品，最近才改；她們會被加註兩個時間點，一個是最早創作的日期，一個是最近修改的日期。

讀這些詩的時候，請你放心的，大聲的朗讀出來。很多時候，我用了上下對仗的字數與音節，同時，很自然的在尾端選擇了同音韻的字作押韻，這樣，讓整首詩讀起來更有音樂性，更像一首歌連動著心靈的感觸。這本書的出版要感謝許多朋友的鼎力幫忙，這是一個令人情生意動的世界，感恩並祝福所有的家人、朋友和有緣，無緣認識的人們。

曹昌堯　寫於2014年夏，台中

目錄

L

愛情、感情

執著、困惑的愛情或感情

O 熱血、青春的聲音

P 細膩、甜美的溫情

S 生命的體會與生活的哲理

T

都市生活的盲目及空乏，年齡與時空交會的幻象

X & Z

咸豐草的告白

2013 / 08　L01

沒有故鄉
已經忘了花開的　目的
我依然綻放純白的　笑容
向您告白　請您疼惜
我短暫的美麗　天真
化身成堅定的　鬼針
流浪　不是內心眞正的
渴望　而是命運卑微的
遺忘　我渺小的隨您移轉
沒有故鄉

隨風飄移
命中註定輪迴的　乖離
吉普賽女兒　多情的深層
尖銳如鬼針的　刺痛
傷害的不只是您　還有
自己　最美與絕望的凋零
努力維持優雅的　身影
在另一塊土地重新　開起
我不是不能愛您　只是宿命
隨風飄移

PS.
以此詩送給一位命運乖桀的朋友，愛與被愛曾經是多麼艱難的抉擇。

咸豐草家族是一種外來植物，開小小的白花或黃花，四處可見。依開花的顏色與大小分類爲鬼針草、咸豐草、大花咸豐草。有時經過咸豐（鬼針）草的身旁，一不小心就黏了一褲角的鬼針，這些黑色小針緊緊的黏著你、翻山越嶺，然後在另一塊土地冒出幼苗，正因爲有著隨處飄移的繁殖能力，所以咸豐草到處可見。

蒲公英的身世

2013 / 04　L 02

冬天最大的痛苦
就是等候春天的幸福
縮在最冷冽的角落
留給自己最卑微的　沉默
風中飄泊

孤寂逐漸退守
春寒如絲細微的顫抖
思念最深的痛苦
就是默默承受
風中揮別的祝福

曾經
是你最纖細的謊言
深藏最底層的　期盼
隨風飄散
愛到沒有選擇
粉身碎骨後　撕裂的承諾
迎風散落

秋天的最後一場雨

2012 / 10 L 03

我選擇
在秋天的最後一場雨
與您邂逅
如此分手時　有些悽涼
但是還不會　太寒
您離去的自然
像雨停後　屋簷滑落水滴
規則而無言的哭泣

愛與不愛
該在離去的時候　坦白
還是讓一切遺忘後　釋懷
雨和淚水已經停止　然而
陽光卻一直不來

燈苗已然熄滅
那曾經是最期待的
燃燒　愛和不愛都已停歇
所以　無關誰和誰的選擇
我只是
在秋天的最後一場雨
與您離別

PS. 唉！這一場雨總會停歇！

宜蘭傳統藝術村

讓長椅與天空獨白

2012／10　L04

有些愛情像午後空白的長椅，曾經幾回坐下、磨蹭；
最後人去了，只留下長椅與天空獨白。

愛情的美麗是擁有
還是孤獨地守候……

長椅枯等愛情的空白
諾言因你的缺席而離開
寂寞一再叩門　深鎖著無奈
讓長椅與天空獨白

長椅擁抱昨日的疼愛
疼痛因你的回憶而重來
角色一再扮演　重複著對白
讓即興演出告白

午後寧靜空白
愛情孤獨等待
未來……

AUMA 和 AHR 的愛情十字架

2012 / 10　L 05

愛情的比重是棉花　還是鋼鐵
沉重得無法度量
讓記憶變成溫柔的匕首
允諾越深的會成傷口　還是花朵

嘆息的回音是寂寞　還是深情
冰冷得無法丈量
讓等待變成空白的淒涼
冬夜最美的會是淚水　還是苦果
愛情的鎖是在十字路口　還是心頭
當歲月流失　你和我的深情的　鑰匙
埋在最初始的記憶的　愛情
彷彿不曾擁有
你一路帶走　也未曾回首

告訴我　橋癡愛著流水

告訴我　今夜誰會和誰

在這裡守候　流淚

棄船

2013 / 06 L 06

心如千年　擱置
廢棄的小船　失落
心靈的方向　彷若
失去期盼的　等待
場景變成模糊與黑白
心在千年　靜止
一切從你離去　開始
秒針、分針和時針　同時
停止

我一再迷途
在你設定的航海圖　我
只是一艘
沒有羅盤的小船
沒有風帆
無法航到你的領海
我選擇擱置
在你設定的最卑微　位址
停駛

問題：如何去愛一個不可能愛你的人？
答案：沒有。
福岡柳川

隔著窗的愛

2012 / 11　L 07

愛情轉得敏感
守候著窗　變成一種習慣
掩藏的表情　刻意含蓄和自然
愛情安靜地如同　黑夜
守候晨光的轉換　離別
等待重逢的呼喚

你對我的愛沒有承諾　只有
一次又一次的期待

孤獨變成習慣
隔著窗　我看不見你的表情
和窗外四季的轉換
如同色彩消失　世界變成黑白
喧嘩靜止　緊接著空白

我的等待和你的未來　彷如
窗裡隔著窗外

我對你的愛沒有未來　只有
一個人獨自的對白

新社

鎖住我在永恆冬末

2013 / 02　L08

楔子：28 歲的男性病患，因為呼吸困難住院，
發現骨癌併發多發性肺部轉移。
三個月後，我和他新婚的妻子送走他。

讓春天不要與冬天交替
讓愛不來　如果
無法讓時間停止
讓四季停止　在冬末

我的愛不要春夏秋冬
不要四季更迭　心情轉換
如果無法不放你離去
讓冬天靜止　讓愛不來

當擁抱無法與放手交替
讓愛停止　如果
無法讓昨天停格
讓痛苦停格　在今天

當我忘記你最後的擁抱
當我忘記陽光閃爍的笑容
讓時間停止　鎖住我
在永恆的冬末

維也納

黃昏、愛情

2013 / 06　L 09

黃昏使色彩變淡
還是變暗

愛情不若數位相機
的感光　無法 catch
Sunshine 離開後的輪廓
戀愛　讓生活的快門
無法對焦
深情　加劇視覺的模糊
愛情的靈感　來自
黃昏的色彩變換　還是

迷戀之後的 blind
Sunshine 消逝後　觸覺
取代視覺的快感　因爲
黑暗的世界　無能拍攝
愛情的光彩

時間　使愛情變淡
還是變暗

PS.
黃昏時如果絢麗多彩，
黃昏後視覺全盲並非不好。

執著

2013 / 06　L 10

生命撲動
牽動生死意念的執著
我選擇在
最終　也是最初的夢想
靜止　只有在最真的時刻
才有　最最美的結果

生命撲動
面臨萬物靜止的最終章
是讓心靈　靜止
還是　生命靜止
在一首詩
在一朵花
在一雙可以信賴的
雙手　停歇
還是　被緊握

最愛

2013 / 07 L 11

愛和不愛　終於
在轉身後　離開　才漸漸明白
心情企圖　粉飾　卻無法掩埋
憂傷　總是在最寂寞的時候
回來　對你曾有太多的期待
ps……最愛

回憶　總留在最初始的情懷
加上　你我如今長長的空白
你是我曾經的　最愛
也是永恆的　無奈

當最愛停止
無法掩藏自己的　悲哀
和長長　無法填補的未來
原來深藏　層層包裹的熱愛
並非熄滅的火柴
而是燃燒後復燃的　等待

PS.
最痛的是，
發現我一直都不是你的最愛。

清水高美濕地

愛情對白

2013 / 06　L 12

愛情的對白　無關
色彩　黑或白的延展
劇情　沒有對與錯　只有
故事的張力　還有
身影交錯後　遺留的
空白　與深沉思念
愛情不精彩　就是失敗
人生可以淡色與黑白

愛情是身體　還是對話
是　物理作用後的
化學變化　酸甜或苦辣
品嚐後　殘留最深層的
原來不是懷念　而是
宴席最終結束　熄燈的
無奈　是
愛情　的最終告白

電影中愛情的情節與現實最大的差異在：電影的對白可以不斷的演練，NG之後還可以重來。

愛情需要CPR

2012 / 10　L 13

悸動垂死　困在恆常的律動
愛情需要 CPR

多次急救搶回的愛情
心跳仍有　卻無法 hold 住
強心劑僅延長一夜情的氣息
沒有規則的跳動
我們都不願意簽署 DNR*
讓愛情在生與死　擺盪

急救後腦死的愛情
完全臥床　需要別人翻身的
愛情　還是須要拔管安樂死的
愛情　讓心悸無法控制

Love Near DieING

*DNR
Die No Resuscitation
（死亡 不急救）

清境西雅圖璀璨雙城

沙灘

2013/04　L 14

把自己橫躺　在
人潮喧嘩散去的沙灘
等待　潮水的到來
捲落到最冷　最遠的大海
深處　是淬煉如冰堅硬
的一顆心
擁有你層層　如果實呵護的
曾經是　年少的純眞

把孤舟捆綁　是
一串相連糾結的故事
停留　空白的沙灘
等候你最眞　最美的晤談
解脫　在千年深海綑綁
的一段情
失去你呵護　殘留最深層的
原來是　體溫的思念

ps. Leave me alone!

墾丁夏都

信義鄉 風櫃斗

愛情的意義

2013 / 03　L 15

楔子：愛情是通往婚姻的一張車票嗎？還是門票？

婚姻是愛情的停靠站？還是終點站？

Ans ：買了車票是須要花時間旅行，才能到達目的地。

車站　是分離與守候
困住心情的地牢
愛情　是寂寞與幸福
相約旅行的車票

當黑與白在交會
寂寞與幸福蒼白而隱晦
戀愛是婚姻的車票還是門票

婚姻　是愛情的停靠站
停靠是爲了休息
而不是出發
愛情須要的是停歇
還是終點站

愛情　婚姻　車站
只交換故事　不須要定義

信義鄉 風櫃斗

思念是一種寂寞

2014 / 02 L 16

思念　是冷天抱緊寂寞
回味　有你陪伴的溫暖

用心結繩　細長的牽絆
繫住你我兩端
輕柔互動　稱爲掛念
將心搓成　堅韌的絲線
綁緊你我雙方
讓人窒息　叫做思念

我對你的愛
無法放任蹉跎
細緻捲起　郵遞給你
已經忘記　是非對錯
是你教會我　愛情不問結果

思念　加深了寂寞
沒有你的時候
快樂　無法盡情揮霍
聚少離多　是苦果
是黑咖啡的苦澀　這絲
入喉後的甘美　是相思
全靠自己體會

慕尼黑附近雷根堡

棋盤

2014／02　L 17

黑與白的錯落
看似隨意
卻是精心擺過
我們之間沒有對錯
棋局本來就沒有承諾
只是時間久了
殘棋太多
輸掉完美　總是有些難過

黑與白的困惑
面臨抉擇
卻都不願說破
愛情本來有失有得
棋局終了就難免失落
只是等候久了
無心勝負
留下殘局　勝過拼出死活

台灣玻璃館

PS.
我們之間的愛情，就像一盤殘棋，安靜地擺在那兒，沒有對錯與輸贏。

舊愛

2014/01 L18

日子久了　舊愛變得模糊
褪了色　像洗舊了的衣服
味道還在　隱隱熟悉的幸福
祝福不再叩門　緊握孤獨
願或不願　各走寂寞的歸途

爭執多了　激情換成獨白
放了手　像落葉飄零離開
思念還在　冷冷寒冬的無奈
春天一定再來　花會重開
舊愛新歡　沒有我們的舞台

爲何　最愛總是舊愛　一生
結果　舊愛才是最愛　傷懷

台灣玻璃館

PS. 那年，我第一次給你寫詩，那些悸動和顫抖的心情，現在看來都依然美麗。妳好嗎？

水甕蓮花

黃昏前在日月潭邊散步，
驚喜的遇見一潭小小的
水甕，浮承著一朵蓮花。
水甕與蓮花寧靜而悠然
地相伴相隨，如此動人
心弦的畫面，又何須一
整潭的湖水與美景。

（蓮花又稱荷花、君子
花、水芙蓉，荷花是學
名，蓮花是俗名。周敦
頤的愛蓮說，道盡了蓮
花的秀麗「出淤泥而不
染，濯清連而不妖，中
通外直，不蔓不枝；香
遠益清，亭亭淨植；可
遠觀而不可褻玩焉……）

日月潭

2013 / 10 O01

無論清晨或黃昏　相遇
光影的變幻無掩　淡綠
伸展如掌的枝葉　寧靜
襯托雋美的水中　芙蓉
君子優雅　兀自清香

我化作沉默的　平凡水甕
承諾最純潔的　水色山境
與妳相遇　今生來世夢回
許身同行　心有靈犀交會
攜手千年　日夜相隨

一枝花一水聲　一世風景
一顆心一種情　一生鍾情
水甕蓮花……　無限心情

PS. 管他一湖美景，
我只取一水甕蓮花。

日月潭

初戀

2013／03　O02

把愛情燉好　像做一道菜
仔細挑好素材　用最美的青春
最溫存的火　燉煮
我最初始的　戀愛

把自己裝扮好　像演一齣戲
小心翼翼的扮演　最小的戲份
用最低的酬勞　無怨無悔地
初戀

那一年的愛情
因爲　年輕所以
深情
因爲　天眞所以
純潔
因爲　無所求所以
諒解

您從始至終不懂　一個小女孩
對您的　初戀
用最溫存的清純　燉煮

愛&網

2013 / 03 ○ 03

愛不必用言語堆疊
愛是一種感覺
細密編織
相互牽連的喜悅
一針一線　思念的連結

愛不必如陽光絢麗
愛靠自己美麗
光影交錯
一生一世的承諾
不如一次　心靈的悸動

愛在牆角下開花
在陽光下織網　喧嘩

看海的方式

2013 / 07　○04

坐上陽台　海浪不來
悠閒地把窗戶　展開
我選擇聽海　聽它去與來
的呼吸　輕鬆聞　它的氣息
我選擇最安全的方法
愛你　像坐在陽台看海
海浪不會來　但不會淹沒與

窒息

打開窗簾　迎接陽光
不接受炎熱與曝曬
海浪不來　我放棄戶外
大海強烈的愛　安靜留在室內
等待　我選擇看海　聽海
但不走入海
這是我對你安全　安靜的

愛

PS.
可以愛得像大海翻騰，我
選擇避開波濤洶湧，安靜
的躲藏與觀望。
墾丁夏都

春天的愛情定義

2013/02 O05

誰在唱歌
是小鳥和風在樹梢對話
替愛情定義
春天

長冬後的　沉默
陽光敲開綠色的　喧嘩
蟲和蝶變得聒噪
花和草在展腰　炫耀
色彩繽紛不是愛情的錯
春天

寒冷後的　黑白
藍天召開春天的　色彩
夢與笑綻放得精彩
情與愛在談笑　開懷
花姿招展不是愛情的錯
春天

我開始相信
愛情須要爭奇鬥艷　不是
誓言和允諾

都怪春天

Wind talker

2013／11　〇06

風　是天與地的
愛情對話
微風　是悄悄話
颱風　是瘋狂的吵架
風停了　心就靜止
萬物都在等待　春季通知

風　是我和你的
心情私語
輕急　是初相遇
沉緩　是最後的相聚
結束了　誰在傾聽
冬季風吹過樹梢的　回聲

我　對你沒有怨言
愛情非酸即甜
你是屬於天的　風箏
放手後　隨風四處飛行
風不止　我始終是地的靜物
等待一次意外重逢的　幸福

新社花海

後記：

那年分手後，我再也沒有見過他；跟大多數的戀人一樣，我在一個適當的年齡找一個適當的人結婚。生了一個孩子後，愛情便只剩下親情；每天像靜物一樣的生活著，人生變成一場無所等待的等待。直到有一天在電視看到他的蹤影，才發現自己是多麼的孤寂。他的全家福，亮麗的夫人和兩位漂亮的小孩；服裝設計的大獎和我一身洗舊的家服。我當晚連照鏡子的勇氣都沒有，無辜的小孩，可憐的先生和空白的自己。秋末已經有點寒意了，加上冷冷的風不知原由的一直吹，一直吹！

幸福到了!
50m

明德水庫與薰衣草花園

幸福到了

2013 / 05 O 07

幸福到了　誰知道
開心投遞履歷
想像你拆信後的微笑
穿越綠色圓拱
心跳遙控門鈴的起動
靜靜等待　你開門後
的擁抱
春天來了　你知道

愛若掩藏　誰知道
藍色的天空
才有　翠綠的樹叢
美麗的花朵
才有　甜美的果實
夢想與你的一生　同步
你的心跳和我一世　同調
春天到了　我知道

愛情候鳥

2013 / 03 ○ 08

抓不住愛情的季節　變遷
我抓不住你　心情的
春天與冬天
讓寒與暖　不只是穿衣的變化
我的體溫　只肯與你的手溫
同步
拒絕讓愛情隨候鳥　遷徙
我只飛向你的　領地
放棄冬天與春天的轉移
陽光與水　再不是選擇的唯一
我的生命　只肯依賴你的氣息
呼吸

不讓愛情妥協
不隨季節更迭
我的心情只肯停留在
對你的依賴

Bacelona

一個人去旅行

2013/03 O09

鎖上門　我要去旅行
放下我們的愛情　的鋪子
我停止想你　停止
一切心情的交換　打佯！
我得去旅行　鎖住「想你」
留在保險箱裡

一個人　到很遠的地方
不再扛著我們的愛情　的重擔
我放棄你的允諾　鬆手
滑落後　原來是一無所有
的輕鬆

鎖上門　沒有目的旅行
把回程票忘在　保險箱裡
讓它陪你

櫥窗之戀

2013 / 08 ○ 10

我們的愛情
鎖在櫥窗
優雅和寧靜的展出
配合季節的變換
表情不變　衣裳卻展現
完美的風情

心情起源：一些動人的黃昏之戀，他們展現出高度的優雅與細緻的互動，顯示年輕時激情熱血的愛情，源自動物繁衍天職的本性；老年時溫文儒雅的愛情，出自內心相互扶持的期許。這種戀情像是櫥窗裡展示服裝的模特兒：「優美、沉靜而且深具品味。」

福岡港口

路過的人　不懂
完美的愛情
在於內心的　細膩
而非外表的　絢麗
身在櫥窗　沒有
烈日風雨的激情　卻有
相互依靠的沉靜

櫥窗的愛情
只更換造型　不更換
表情和內斂的　深情

PS.
深層的愛不輕易也不容易表達。

走過城市街頭，商店櫥窗裡美麗的衣著擺飾，總是吸引我的目光。佇足觀望許久一直無法參解，櫥窗裡假人模特兒的表情與肢體語言，這些櫥窗家族的內心世界，像一部深沉無言的電影，緊緊地牽動著我的心。

櫥窗的聯想

2013 / 09 O11

逃離狗仔的追逐　躲避
櫥窗生活的沉默　絢麗
展現肢體的語言　封閉
最小空間　凝聚無比
膨脹的力量　我們是

故事是人物向情感　呼喚
歷史是時間對空間　遺忘
我無法愛你　我是櫥窗裡
最傻美的衣架無權　參與
你和她的史詩演出　無語

櫥窗家族堅守著　空間
過客路人堅持著　時間
佇足凝望不在時間的　長短
而在心靈交會時是否　悸動
我不一定是你的最愛　只求
至少曾經　心動
在櫥窗燈光熄滅之前　牽動
您的視覺用最深情的　回眸
解放櫥窗家族禁錮的　心靈
多少歲月　渴望與您並肩
走上時尚　街頭
可以感動世俗的　愛恨情仇

PS. 我們是最亮麗，也是最晦暗的櫥窗家族。

火山邊陲

2013 / 07 O 12

沒有開始的火焰　也
沒有結束的狂野　像
來自激情奔騰的初始　卻
也須停歇
像愛情急速冷卻　後
硫磺爲本色的枯竭　仍
深藏一顆熊熊烈火的　心

所以　我對你的愛
沒有　終止的宣言　像火山
休眠後蠢蠢欲動　的
那顆心　一直是
源自　最底層的熱火
曾經　徹底燃燒過後　的
殘骸　和浴火過後
蹦芽　重生的渴望

我仍然　愛你
火山邊陲　寸草不生的
岩石下埋藏一顆　等待
春天的種子

阿蘇火山

晨光相遇

2013 / 07 O 13

晨光叩門　自然相遇
明亮是感覺　溫暖是愛情
每個清晨　攜手與你並行
陽光拜訪　開心的每一天
溫柔相擁　不須激情

朝露　永遠不能預期
化身　陽光下的水氣
花開綻放的美麗　如何逃離
季節更迭　萬物凋零的宿命
和你相遇　送你離去
重複自然　相聚離別的道理

愛嗔情苦　在春夏秋冬交錯
前世今生　困守輪迴的迷惑
每個夜裡　我安靜地守候
你的笑聲　在長夜裡隨風穿過
一次再一次　祈禱重逢的救贖

PS.
相遇是一次美麗
曾經……

彰化田尾

埔里鱺魚潭

愛情車站

1980
2013 / 03 revised　P 01

我在車站每一天的守候，起自
當你告訴我：『再見！我將離去。』

每一個車站
因爲愛情　而延展
我　因爲你而圓滿
用瞳孔　勾勒你的容顏
用心　許下完美句點
在每一個下午　靜靜地　等候
靜靜地　和人潮目光交流

偷偷地許你
千百個缺席的理由
你不在乎　我才須要
反覆地原諒自己
原諒你

但最後的列車　終於離去
我躲在　一群回家的人背後
哭泣
故事沒有對與錯　愛情
只有執著
因爲你是那盞　燈
我放棄了金黃的　繭
蛻變成蛾

PS. 尾聲：破繭而出的蛾，應該明瞭愛情生命的短暫。

一種感覺

1978
2013 / 06 revised mildly P 02

這是一種感覺
仿若在一個春天的早晨
當你以早起者，懷一顆好奇的心
輕觸一朵小小的花苞
不意間
它卻回你以輕赧的綻放
剎時　整個的春
都充盈了妳的生命
我第一次見妳
就是這種感覺

第二次　第三次見妳
直到最近一次見妳
妳的笑聲在夜裡穿透
於是　整個夜裡
我　靜靜地坐在那兒
讓一股悠遠淒美的傳說
緩緩地流過我的心境
倒不是　爲了你身旁多個人
也不是　爲我因此而失意
只是執意地讓自己
啄食一份悲劇的美感而已

Montreux

正如我說過
這只是早春，一次無意的輕觸罷了
如同在一個清晨
當你無心走過一片露水盈濕的草地
把腳都弄濕了
卻不以爲忤地
讓自己的感覺在一陣淒涼中走過

PS.
總之，這只是一種感覺

春天、你的名字

1978

2013 / 05 revised　P 03

春天下雨　沒有
白天與黑夜的區隔
只有心情　輕與重的深刻
我的等待　落在綿綿密密的
相思樹林　雨滴敲打
紅塵紛亂　聚與離的悽苦
我的告白只刻畫　你的姓
加我的名字

最怕守候　整個雨季
空下所有的時間　卻等不到
你的到訪　心情
像苦想一個忘記的　音符
多麼努力伸手　想把你抓住
把心掐住
免得它吶喊出　你的名字
一個漂亮的音符

PS.
你的姓加上我的名字

望窗

1977

2013 / 05 revised　P 04

不知何時開始
望窗變成一種　習慣
似有若無的　等待
反而輕鬆
沒有責怪的無奈
低微看待　你的不在

每日安靜地守候
你曾經走過的　小路
讓黃昏變成一日的　饗宴
沉默還是難過　當…
時光像流泉　在指縫間流過
回憶沁涼得可以
突然這樣淒楚地　想抓住
你　還是些什麼？

巴塞羅那

我望著窗　是一種習慣
無關你的存在

勇敢無罪

2014/01 P05

愛情是依靠勇氣
還是傻氣
像春天　小鳥爭辯道理
這個季節　甚麼都是美麗
答案　我愛你
不問結果是傻氣
還是勇氣
像小孩　天眞不講道理
那些年紀　對錯沒有關係
答案　只要你

傻氣勇敢去愛才有　過去
年輕美麗何必計較　結局
只是　勇敢的缺點就是勇敢
然而　我對你是勇敢過了頭

彰化田尾

PS.

過了這麼多年，我還是沒有答案。雖然，你早已經不在我的身邊，但是，我一直還是用著傻氣和勇氣，像當年一樣經營我的愛情。至少，沒有你後還能維持我的天眞。「勇敢無罪」！

答案：勇敢的缺點讓勇敢繼續勇敢！

冬天的思念

2014 / 02 P 06

選擇 最冷的冬天
回憶 擁抱你的溫暖
春夏秋 就屬寒冬
最難放棄 片刻的溫柔
揪結心頭 總怪這天氣
誰讓寒冷 最懂思念的氣息
我在冬日 選擇最春天的你

思念 一再扣緊寂寞
鎖住心頭 沒有你的時候
咖啡難以入喉 這苦澀
叫人想起 你離去時的眼眸
我一如往昔 任性蹉跎
執意守候 你不可能的回頭
還是自己 逝去的青春感受
無怨 所以才可以無悔
我只摘取 過去的甜美
在每一個冬天 孤獨的夜裡
固定爲你斟起 一壺思念的
愛情淡酒 輕輕地向天問你
曾經你給我的愛 是眞的嗎？

福岡水前寺

在你的心裏塞車

2014 / 02 P 07

你的愛情　總是塞車
過多的紅燈　綠燈
我耐心的　一路塞一路等
緊守遊戲規則　從不超車
愛情畢竟　不是賽車
選擇讓心靈　安全的
在最完美的位置　停車

然而　通往美景的
路上　總是一直塞車
我擔心你的心裡　太多
排隊的　漂亮的時髦名車
而我只是一部　最普通的
物美價廉的　國民車

我在你的心裡　塞車
耐心等待　你最美的選擇

PS. 我還是願意耐心等待，因爲大多數的人最終選擇了，堅固、耐用又便宜的國民車。

思念威士忌

2014／02 P 08

越是濃郁的　愛情
入喉後越是叫人　心碎
已經過了浪漫的　年歲
卻因爲陳年　讓人陶醉
我愛你一如　威士忌的品味
原想淺酌卻又喝醉

烈酒和思念　搭配
愛深後甘願爲你　憔悴
煤渣混合焦糖的　甜味
把自己裝在桶內　宿醉
千年後喚醒　還是單一麥芽
你最愛的甘純口味

PS.
許多夜晚，我們安靜的坐著，品嚐各種威士忌，各家酒廠展現不同的濃郁風味。蘇格蘭人把威士忌叫做「心靈之酒」，我們透過威士忌看到彼此的心靈，濃烈的愛情即使淺酌，卻已經宿醉。

台灣玻璃館

台灣玻璃館

無救的愛情

大年初一家裡花開了

2014/02 P09

找不到
愛情的鬧鐘按鈕
無法暫停　鈴聲呼救
對於你的愛情
沒有逃生的出口
心鎖緊扣
我在囚室不安等候

缺席的允諾
垂死的灑脫
單軌的愛情　叩來寂寞
冷冷寒冬過後
卻任憑春天離去　蹉跎

空等待
幸福的公車站牌
愛已離開　回程不開
從此我的歸途
失去盛裝的企圖
終於明白
你的愛情雲遊四海

PS.

愛情沒有是非對錯，只有精不精彩；大多數的人，永遠無法忘懷得不到的愛情，卻忽視既有的精彩；所以，不能怪幸福不來。只是，「對的人」的列車永遠對開，同一車廂卻總是「錯的人」。

大年初一家裡花開了

雲的牽掛

2014 / 02 P 10

牽掛是一件快樂
又帶一點寂寞的事情
我是一朵雲

雲彩的流浪不能沒有風
我則知道選擇怎樣的天空
我們單獨各在藍天飄行
陽光下展示自己的造型
交會而不凝聚成一朵雲
避免太重的負擔甚至下雨
成爲夏天淚水最多的悲劇

我們都知道風起後會雲湧
曾經妝扮作你風景中的一景
安靜又優雅地做你的附庸
分開後孤獨旅行靠風傳話
我的寂寞累積成烏雲牽掛
躲開太深的愛情怕沉重落下
成爲秋天最早來的一場大雨

孤獨是一件快樂
又帶一點傷感的事情
我是一朵雲

ERS Helsinki Seurasaari Open Air Museum

菲律賓與台灣上空 - 華航

PS.

我曾怪自己不夠勇敢的愛你，總是怕自己受傷跌個頭破血流，像白雲累積過多的傷痕，變成烏雲、下起大雨落在困苦平凡的人間。我寧可像神祇的雲彩，自在優雅地在天空隨風飄移。然而，沒有你的愛情，我還是對你有所牽掛，想你的時候是一件快樂又寂寞的事情。你好嗎？還是一個人嗎？

流浪的理由

2013 / 11 P 11

流浪的理由　就是
不必注意回程的　方向
一心向前　向左或向右
偶想返航　心動
卻缺少　回鄉須要的成功

流浪的力量　只爲
孤獨不須要理由　卑微
掩藏內心的　溫情渴望
幻想擁抱　家鄉
所有的　內心失去的夢想

流浪太久　失去能力　回憶　孩童時母親懷裡
幸福的哭泣
心已碎裂　隨風飄移　誰來允諾　續航的勇氣
當年流浪　只因爲太愛妳

PS.

抵達流浪的終點才明白，
能讓心靈休息的地方，就
叫「故鄉」。

我們失去的孤挺花

家裡花園

（懷念杰樑醫師）

2013 / 08 / 05 僅 55 歲的杰樑醫師走了！

1982 年杰樑與我一起在林口長庚醫院擔任實習醫師，接著我們一起完成內科住院醫師的三年訓練，之後他選擇腎臟科，我走胸腔科。2003 年 SARS 發生後，我離開長庚走一段不同的人生旅程，他則成爲國內最重要的毒物專家。在長庚醫院和他一起在工作 21 年，最欣賞與佩服他的正直、好學以及追求眞理的精神。

2013 / 08 S 01

孤獨堅定的挺直　其實
不是驕傲　而是
對別人與自己最大的　負責
努力花開的美麗　其實
不是炫耀　而是
運行生命創造完美的　法則
最平凡的花起花落　短暫
卻是最動人的無限　自然
源自內心底層的單純與　善良
我們失去最美的孤挺花　杰樑

天候會有輪轉
花開花落會有循環
孤挺花的開落或許　只是
自然的變換
卻無礙杰樑恆常的　存在

孤挺花的凋落

2013／04 S 02

孤挺花總是開在清明前後，只是脆弱的花莖常常撐不住一個雨季，倒枝落地、花開花落！讓我想起一位年輕美麗的女性肺腺癌病人，臨終前她對他的先生和稚子的一句對白：「我愛你」

不能許你
最完美的愛情　我許你
一次眞心的過程　許你
我最終　也是最美麗的凋零
精心妝扮　只為能贏得你
最後的疼惜

ps：「我愛你」

不能給你
一輩子的悸動　我給你
一次深沉的感動　給你
我全部　也是最底層的心痛
一句對白　只為能交換你
溫柔的關懷

ps：「我想你」

愛情的永恆　不在
終身的守候
我只爲你　花開與花落
當我累了　躺下
實踐我最後　也是
最美的一次承諾　努力伸展
只許給你的　美麗容顏

ps：「對不起」

誰來晚餐

A君是中科院航太專家，35歲發現第二期肺癌，手術切除兩年後復發，三年後往生。太太與兩個小女兒一路陪他抗癌，一家是慈濟人面對治療無效時，難得的平和與感恩，我看不到笑容背後的眼淚，只是每次都聽到媽媽對兩個小女兒的鼓勵：「等爸爸打完針，我們全家一起去晚餐！」

2013 / 07　S 03

我終於明瞭
每晚安靜的守候　不是
等待你　再一次溫心的重逢
而是　某種型式的　悼念
曾經　最完整和美麗的悸動
一路　相伴無悔的過程
你留給我們的　不再是心痛
而是疼痛過後的　平靜

我終於感受
離開不等於分手　而是
轉身擦乾淚水後的　開始
另一種模式的相守　約定
誰來晚餐不再等同　保證
一段完美的劇情
每晚　一樣我爲你　精心準備
晚宴　這代表我們　從來沒有
離開過你

PS. 今晚餐前的祈禱文：「等你
晚餐，因爲我們愛你，結果
並非重點。」

風中的女兒

2013/12 S04

（一）媒體報導了一則非常心酸、動人的故事，一位小時候就被賣掉當雛妓的女孩，經過多年的奮鬥終於重新站起來，並且有了很好的成就。她找到了當年賣她的貧困潦倒的父母，原諒了並重新接受他們……

（二）波斯菊的花色繁多有白、金黃、粉紅、鮮紅等多種，常常行成一片花海非常美麗。盛開在秋、冬之間，草本的花徑高約1公尺，細直挺立卻非常脆弱，常常在寒風中看到她們隨風飄搖，看似淒涼卻是柔韌而堅強。

PS. 誰能了解她們的命運……

（三）台灣的雛妓問題雖然改善，但是從來沒有停止。人類社會貧困與富足的相對掠奪永遠存在，販賣或誘拐孩童爲雛妓的悲劇仍然持續。

PS. 如何原諒這些摧毀別人一生幸福的人……

風吹過四季　有不同的感覺
春夏秋和冬　是各自的世界
在每一個最冷的　寒冬的夜
風中的女兒　隨著風聲哽咽
爲何心中最苦的哭泣　才是音樂

風吹過城市　也會吹過山谷
每盞燈下　各有富足和淒苦
不曾奢求生命的　完美幸福
風中的女兒　走遍紅塵世俗
總落在最黑暗的角落　棲身佇足

風的漂泊從來不會　停止
秋天後冬天的寒冷　不會延遲
再淒冷的天空　花依然鮮豔美麗
風中的女兒　在寒風中柔韌搖曳

放逐

2013 / 07　S 05

大四女生，從學校大樓10樓一躍而下，終止她的人生以及所有的苦痛。重度憂鬱症纏繞她兩年，一般人難以理解這種疾病所產生的心靈困惑和對生命全然不同的領會。

在海、天與陸地之間
我沒有放逐的空間　與時間
當萬象靜止
生命才能沒有承擔
心靈無法追逐　找不到
心跳前進的旋律　與格式
停格雖不是唯一　卻最後是
一次安詳的選擇　與結束

終於可以平靜　的休息
做完人生最後　的演出
我的困惑其實比你們的　還多
問題和答案在心靈　的底層
無盡的旋轉　與攪動
像呼吸與心跳
從不休止的存在　終於我放手
讓生命停止　困惑跟著停止

The End!

PS.

我知道當我靜止，

萬物還是照常運轉；

我希望我的選擇，

沒有引起別人太多的疼痛。

墾丁夏都

生命的祈禱

1983, 2013 / 10 revised　S 06

16歲的小美羅患惡性的顱內腫瘤，兩度開刀讓她美麗的容顏變了型，化學治療再度掠奪了她的長髮。那年，我是年輕易感的實習醫學生，30年後經歷無數病痛死亡，仍然無法忘記那張清純無辜的臉龐。有時候，生命像是寒夜中的風車，旋轉，不過是一種風的嘲弄和命運的操控！

新社 又見一炊煙

親愛的上帝　你
如果可以　請
借給我　七彩的塗料　讓我
塗滿　風車的每一個　扇面
然後　准許我在風中　旋轉
讓我　可以快樂的　裝扮
自己　是風中最美的　霓虹
旋轉啊　讓生命變得　完整
我的美麗　和他天眞的　愛情

親愛的上帝　我
可以接受　你
召喚我　安靜而乖巧　等候
彗星　滑過天際後的　黑暗
美麗　必須承擔命運　詛咒
快樂　只有高點沒有　恆久
不過　請你也相信
我可以是一個損毀的　風車
但是　必須轉出一個完美的　圓

PS. 生命可以困頓、衰亡，但是心靈一定要堅強而完美；
命運可以操弄的只有身體而不是靈魂。

放手——送給秀蘭馬雅

2013/12 S 07

「秀蘭馬雅」70歲的阿嬤，這是我對她的暱稱。8年前她罹患氣管惡性腫瘤，嚴重地阻塞呼吸道無法呼吸住到我的病房。經過連番的化學治療與放射治療，終於得到了近乎完全的緩解，然而幾年後腫瘤在肺部復發逐漸擴散，雖然嚐試過許多種治療，仍然無效。疾病逐漸吞噬她的健康，但是每次看診，她總是帶著最燦爛的笑容，妝扮最美麗的模樣，到診間來跟我閒話家常，關心我沒吃早餐、怎麼又瘦了，等等。最後的一年多，我只能開開止痛藥、止咳藥給她，看著她逐漸虛弱、消瘦，知道雖然是自己最心疼的「好友」病人，但是總得鬆手放她走。住進安寧病房的5天後，我最美麗的病人「秀蘭馬雅」……

放手　是一次哲學淬練
生命　遠比是非題艱難
讓心跳持續或　停止
無關妳的存在　價值
拷貝　妳的聲音和笑容
放在　永續存在的位址
放手　但絕不讓妳孤獨
生命　放空後來去自如

醫藥　換成最終的祝福
病歷　是一本個人病苦
放手　讓妳安祥的走
帶走　生老病死的苦
妳是最美的病人　永遠
不想放手　但終得選擇鬆手
接受妳最美麗的一次　告別
再會啦！　我的秀蘭馬雅

PS. 給我的醫學生一句話「當你救不了病人時，你可以停止所有的治療，但是不包含你的心。」

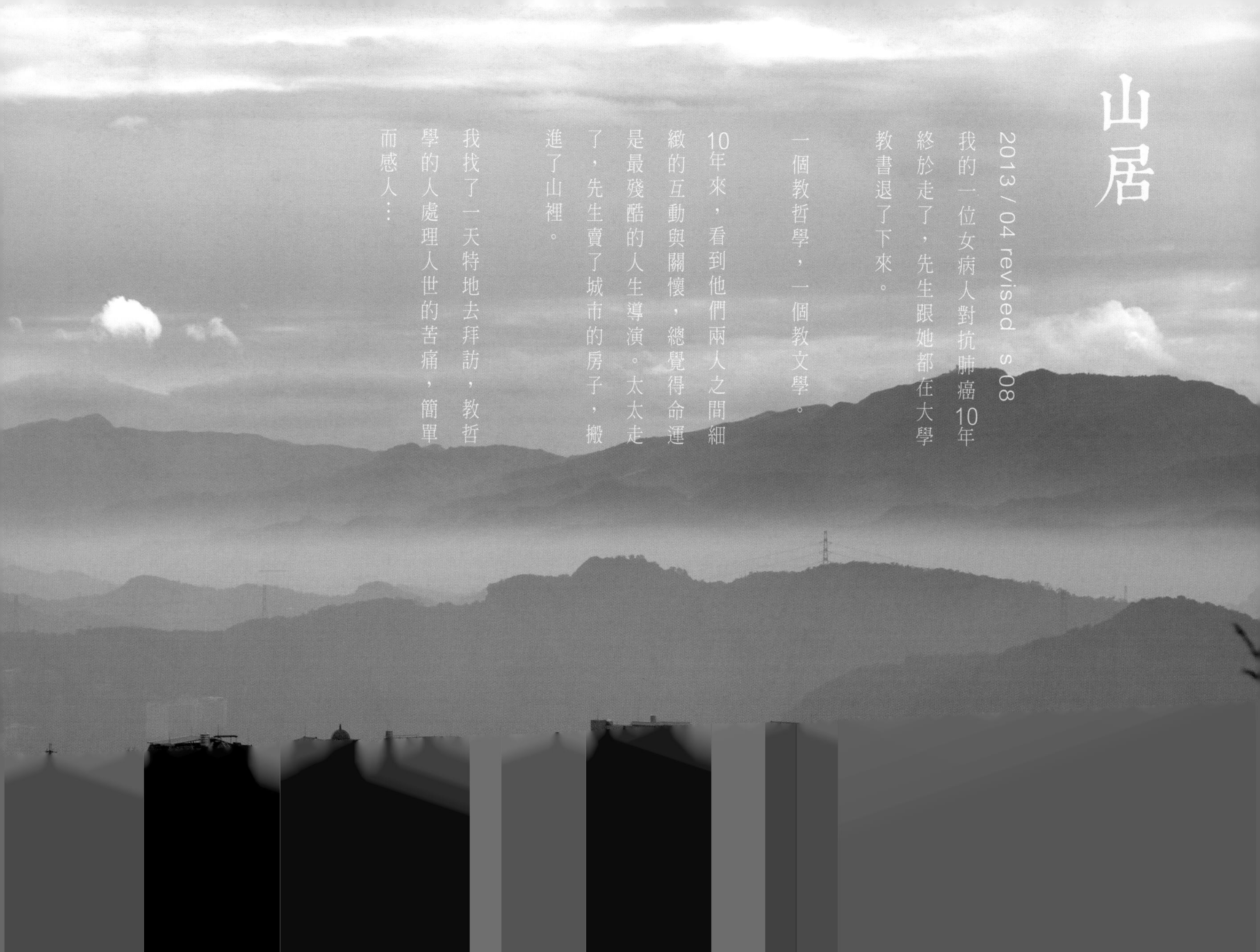

山居

2013 / 04 revised s 08

我的一位女病人對抗肺癌10年終於走了，先生跟她都在大學教書退了下來。

一個教哲學，一個教文學。

10年來，看到他們兩人之間細緻的互動與關懷，總覺得命運是最殘酷的人生導演。太太走了，先生賣了城市的房子，搬進了山裡。

我找了一天特地去拜訪，教哲學的人處理人世的苦痛，簡單而感人⋯⋯

家裡陽台外拍山景

寂寞紮進了包袱
和孤獨結伴
搬進了山間
離開時的自然
像白天過完　轉暗
沒有揮手
只有心情的轉換

沉思　陪伴日出早課
孤寂　手繪黃昏身形
晚餐時　想起我們的點點滴滴
我想你　我爲你
我一生的故事只有你
只差　沒有跟你一起
Passed away, and I am sorry!

油豆燈前　昏昏黃黃
少了你　今晚沒有雙簧
孤獨時　乘一襲清風
寂寞了　打一時小盹
其實莫嘆人生如夢
就是美夢成眞又當如何

PS. I am sorry!

你走後沒能陪你一起離開。

幸福的重量

2014／02 S09

3年前的冬天，我接到一個求助的電話，病人的故事太令人動容，我終於答應親自去一家地區醫院會診。22歲的大學女生，主修現代舞蹈，贏過許多的比賽；原本健康美麗的她，卻因爲嚴重的肺結核感染，造成肺部纖維化，導致呼吸衰竭，仰賴呼吸器維生。她的姊姊辭去工作，陪她住進呼吸照護病房兩年，妹妹的悲慘遭遇令人心酸，姊姊的無怨無悔令人感動。那時，我看著妹妹清純消瘦的臉頰，大大的、無辜的眼睛充滿期待的望著我，姐姐說：「妹妹希望能脫離呼吸器，即使一個小時也好，她想要洗一個乾乾淨淨的澡，漂漂亮亮地打扮一次自己，她想要出去曬一次太陽，……」。我這一生第一次在病人前面落淚，望著看片箱上的肺部X光片，顯示被病菌嚴重破壞的肺部，我了解這些願望雖然卑微，但是，對這位花樣年華的美麗舞者卻是不可能達成的願望。今天，我已經忘記當時如何回答這對至心至性的姊妹花，那些被強烈渲染的傷痛到現在都沒有恢復。病人或許已經不在了，生命的結束或許是終結苦痛的唯一方式，這樣的結果對學醫的我而言，有著非常大的衝擊與挫折。

杉林溪

繡球花又叫做西洋紫陽花，它錦簇圓滿的花序幾乎全是由裝飾花形成，眞正的花則是中央部份小小的花。紫陽花的花色有藍，紫，桃紅，白等，多彩多姿，主開在秋末和冬天。紫陽花的花語就是「希望」，受到這滿花祝福而生的人，極富忍耐力，她會帶給許多人希望，自己的人生也……。

一個清早在杉林溪的山上，拍到一株開滿美麗花序的繡球花，折枝墜地……，讓我想起3年前的一個往事。

幸福的定義　是甚麼
答案遠比是非題　曲折
承受太滿的祝福　允諾
過多　總在最美的時候墜落

努力掙扎　企圖逆光飛翔
脆弱的枝椏　卻隨風斷落
盛滿花苞的美麗　希望
無限　竟在朝陽下黯然失色
命運心酸　無礙我的美麗
病苦殘疾　無損我的天真
我仍隨時堅持　優雅地
向您展現　我最後也是最美
的舞姿

PS. 我曾經，始終是生命最美的舞者。

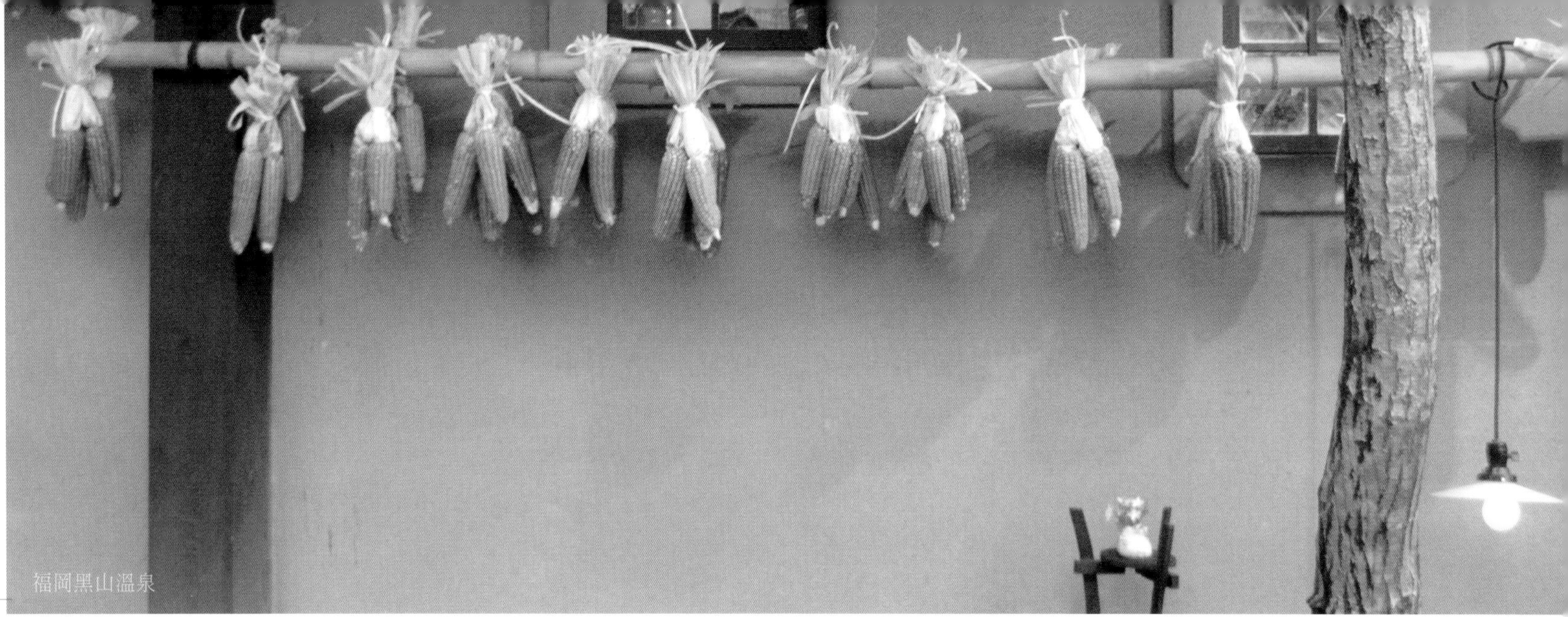

鄉下人家

2013 / 08 T 01

黃昏後　徒步回家
路徑的自然　不須要　色彩
的霓虹　甚至不須要　視覺
的移動　最平凡的自在
晚餐在等候　鄉下人家

夜深後　安心入眠
寧靜的感覺　不因為　昏暗
的朦朧　而因為內心　平淡
的空白　最簡單的精彩
天與地對白　鄉間展開

沒有取捨的艱難　生活
與生命輕鬆對談　如何
定義最大的幸福　鄉下人家

PS. 心靈平靜的幸福，不是因為一無所求，而是停止無所不求。

泊然之家

2013 / 10 T 02

中秋之後，隨性拜訪好友「伯然」位在草屯牛山腰的家；環境清靜優雅，剛好呼應他淡泊自然的個性！家人、好友相聚一堂，把酒言歡；人生的終極歡樂，應該不過如此。之後，感動之情激盪了許久，寫下此詩送給好友「伯然」。

夜深入睡　忘卻一生的斬獲
清晨醒來　放走生活的困惑
功成名就其實是一種　責任
家人好友才是生命的　體認
放淡而非放空　泊然而生
淡泊而自然的生活　堆疊
歲月　的精彩不在富貴　進爵
幸福　的累積隨心不須　策略
豐盛之家　源自內心的　單純
基因　的眞誠延續　淡泊人生
心靈的聯繫無關距離　而在於
契合的運轉　像齒輪一樣自然
成就家人與好友　伯然

慕尼黑 基姆湖

戲服

2013／06　T03

現代劇的戲服
不像戲服
少了時空的交錯
故事不是故事
我對你的記憶　像
歷史裝扮　遙遠而空盪

北京前門大街

中國麗江

是我穿錯了戲服
還是你進錯了時空
我們蹲站　交換
歷史的錯誤
一場悲劇原來是
時空與戲服的　錯置

古裝劇的戲服
才像戲服
眞相沒有　劇本
只是時空的　輪轉
戲服的　更換

PS.

換了戲服、轉了時空，愛情故事還是一樣美麗感人；朋友卻常在時空交錯、場景轉換時變成了敵人。

老狗

2013 / 08　T 04

老狗的定義不只是　外形
疲憊無關年齡還有　心情
只是累了休息　合起眼睛
也合起所有　外在的事情
留下一塊空白　也是完整
的最後的自己
PS. 累了！想要好好休息！

找不到時間靜止的　按鈕
只能隨著歷史長河　飄流
逆流掙扎　或是順流而下
都變成故事的幻影　無關
歷史最後眞相　還有自己
的存在的價值
PS. 累了！讓我好好休息！

終於體會
寂寞孤獨的理由　不是因爲
一隻老狗的經歷太多
而是合起眼睛後　能看見的
幸福太少

PS. 我們一生說過、看過和做過的
事情太多，留下的記憶卻太
少！

愚魚眾生

2013/08 T05

謹以此詩獻給一直忙於救人的醫生朋友和一直忙於經營的企業家朋友，提醒他們不要只有生命沒有生活。

上帝看人 和看魚
角度和內容是不是 一樣
張口推擠
生命爭執的表情
並非執意 只是生存
掙扎的縮影 生死抉擇
回歸自然 來去的法則
上帝看魚 和看人
操弄的戲碼應該是 一樣

自己看生 和看死
劇情的安排是不是 一樣
答案 不靠命運推演
結論 無關悲苦甘甜
云云眾生 總少一尾魚
可以孤獨 悠游和自愚
自己看死 和看生
黑白與彩色精彩是 一樣

PS. 人生不過是一場阿彌陀佛！
應該在工作中生活，不要連生活都在工作！

都市農民

2013／10 T06

都市人大多外表光鮮亮麗，心中帶著些許的驕傲；背著物質生活的重殼，藏在強顏歡笑的面具下，等待一次心靈的救贖。都市人須要一次「都市農民運動」，學會在都市裡帶著農民的心情生活，跟著陽光來去的自然休息，不只是工作還有心情。稻穗從脆弱的秧苗到黃金的穀粒，都如人世循環；貧困富貴、生老病死的運轉，像春夏秋冬來去的自然。照片中的都市農民，心中只有一畝田，插秧、灌溉、除草、收割，單純而滿足的快樂與幸福。

不能承諾種出最美好的一片稻穗
都市農民默默地播種插秧與施肥
用單純與寬恕來灌溉心裡一畝田
城市的汙染不只陽光空氣與土壤
但願心如一溪清流帶來歡喜迴響

希望自己　可以成爲水稻的代言人
不再默默　承受都市人與都市的汙染

重新做個都市農民　平靜單純
承襲自祖先的基因　簡單生存
都市種出的稻米　終究可以芳香清甜
日出而做日落而息　順天應地！我是
……代代的都市農民

PS. 生活的痛苦來自心靈無法控制的慾念！

中山醫大附近拍台灣欒樹

城市迷航

2013／11　T07

在城市生活，每天重覆的動作「移動、目標」、「名位，財富」；「靜止」是城市人的先天缺陷，「寂靜」是現代人的後天匱乏。

「靜、寂、虛、空」是現代都市人永遠無法到達的「香格里拉」。

有了地圖　卻還是迷路
美景都變成　瞬間過處
隨心流浪　心情四處寄宿
身體外掛著漂亮的　衣服
彷若櫥窗內的　帥氣人物
美麗下藏著　深沉的孤獨
設定導航　隨著人車追逐
GPS只有道路　沒有歸途
城市居民　追求名位和財富
心如賽車　瘋狂衝刺或飆速
喧鬧不止　掌聲簇擁的虛無
才發現寂靜是　最美的音符

PS. 追尋所有後，終於發現，無所追求才是最大的幸福。凡事完美過了才發現，缺陷是最自然的優美。

巴塞隆納

魚會飛

2013 / 11　T 08

女兒幼稚園時畫過兩幅畫，現在掛在我臥室的牆上，一幅是海底自在悠游的魚，一幅是桑葉上勤奮覓食的蠶；一左一右，剛好隨時提醒我，人生該怎麼選擇。

誰說魚不會　飛
若魚的天空是　海
魚擺動海水的　悠游
像鳥飛翔天空的　自由
城市禁錮身體不是心靈
箝制生活的方式而非心情
快活自在便　成爲智慧的居民

我說蠶不會　飛
因蠶的天空是　桑
蠶蠕動爭食的　宿命
吐絲縛住生命的　夢想
身體侷限行動不是思考
心靈運轉勝過軀殼的精巧
破繭後飛舞才發現快樂逍遙

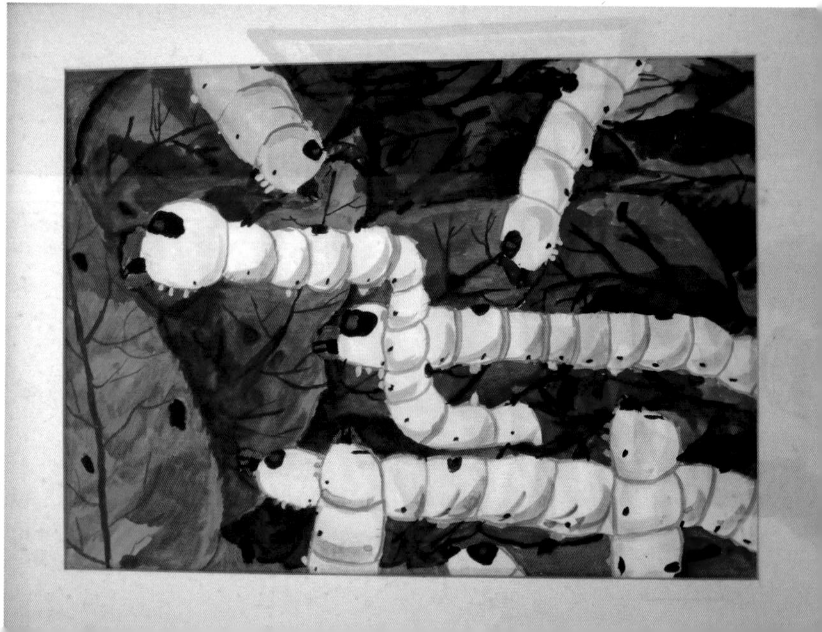

Pamela 畫作 - 蠶

飛行沒有　定義
天空從來不　擁擠
魚不是 只定居海底
三度空間自在的漂移
心靈隨性翱翔不限里程
解脫無關時空環境的形體
幸福在於放下時向生命頂禮

Pamela 畫作 - 魚

PS.

你有聽過鳥住在海底嗎？
生命存在的位址有祂必然的道理！

Taking a look

2013 / 05　T 09

眼睛睜開要多久　才能
找到路的指標　除了自己
別人都知道
迷失的不是未來　而是
自己　一直無法面對　封存
已久的懷疑　和無知的
自己

眾人圍觀的秘密　是
好奇的滿足卻不是　解答
自己最明白
寫在臉龐的答案　不是
一生　而是別人長年雕琢的
面具　遮掩後最難探索的
眼神　永遠看不清　面具下的
面具

Look at you!

夜泳天幕

2013 / 05　T 10

夜偷偷地
訂做一個環繞天的
布幕　遮掩大海的
孤獨　黑色讓
海的聲音變得憂鬱
世界變得遲緩
小舟結群休眠　在
沙灘爲黑夜鋪的床

風輕輕地
回應海寧靜呼吸的
聲浪　挑撥黑夜的
溫柔　沙灘讓
夜的黑色變得純淨
空氣變得鬆軟
感覺凝結熟睡　在
寂寞爲海伸展的雙臂

墾丁夏都

約翰男儂紀念牆的狂想

2013／09 T11

身爲披頭四最具才華的創團會員，約翰・藍儂40歲的一生精彩而無奈。他的音樂和電影中，總是顯露出一種桀驁不馴、反抗威權的特質。

1969年，39歲的約翰藍儂娶了日本妻子小野洋子，他們共同創作了一系列的反戰歌曲，其中最有名的是《在床上祈求和平》，他們一起裸露坐在床上，將「和平」標語掛在牆壁上。諷刺的是，追求和平反戰的約翰・藍儂，一年後在自家門口被一個歌迷開槍打死，披頭四也隨之解散。

古城區－約翰男儂牆

約翰男儂的　蒼白
濃染著塗鴉者的　告白
一次又一次的心情　澎湃
一層加一層的繽紛　色彩
企圖抹去人生　的黑與白
追尋愛和被愛　都是無奈
你的人生故事精彩　但是
有我的部分卻是　空白
於是決定讓你離去　成就
我對自己和世人的　割愛

PS. 我是你永世的歌迷！

音樂　鋪陳重複的音節
歷史　淘汰人物的更迭
過多的色彩　忘記
眞實的存在　懷疑
隨著時間逐漸　明白
故事　連接著一個故事
色彩　混合著一層色彩
人生　是混亂還是精彩
答案不在未來　而是在
內心深藏的　一抹光采

PS. 我是你的永世音符？

古城區 - 約翰男儂牆

說明：約翰男儂死後，一再有約翰男儂，音樂創作從未中斷。愛恨情仇，歷史唱著一樣精彩的歌。

唐吉柯德遊俠傳

前言：17世紀西班牙作家塞萬提斯的傳奇小說《唐吉訶德》，（Don Quijote de la Mancha，標題的原意為《來自曼查的騎士唐吉訶德大人》），描述在一個早就沒有騎士的年代，主角唐吉訶德幻想自己是個行俠仗義的騎士，因而作出種種令人匪夷所思的行徑，最終從夢幻中甦醒過來。（摘要自維基百科）

Lausanne Olimpic Park and Geneva city

2013 / 10 T 12

騎馬或步行影響 行程　開車或跑步無關 旅程
卻不改變心情和 夢境　只差驅動身體或 引擎
心如電影重覆的 播映　靈魂無法駕馭的 心情
自己心中的 唐吉柯德　交給心中的 唐吉柯德
每一個人都是都市 遊俠　每一個人都在都市 夢遊
幻想 擁有櫥窗內展示的　交錯 白天和夜晚的場景
還是路上跑的一切 精品　心如遊俠 如夢似眞的結局
期待自己也被別人 幻想　無礙任何人與自己的 期許
唐吉柯德症候群的 擴張　台北巴黎或夢裡自在 神遊
精神科醫生與病人 交替　開天闢地以心爲家的 自由
扮演著都市遊俠 幻想症　都市住民 唐吉柯德遊俠症

今天 我會是你的最愛嗎？　無彷 做一個快樂的都市遊俠！

PS.
我對妳的愛從來沒有改變，但是，
我是一個都市遊俠「唐吉柯德」。

日內瓦
United Nations at
Europe and old town

野店燈籠（古代版）

夜遊秦淮河近酒家

1980
2013 / 11 revised　T 13

寒山長路之後
眺望一家野店
燈火和炊煙總會燃起
在夜落之後逃離孤寂
旅行不是原因

牆角就會掛起一盞燈籠
淒冷中　懸起一朵昏黃

於是旅人
在風後迤迤而來
在燈前悄悄佇足
野店之內　蹣跚的步履
停泊了一夕的溫情

只是　牆外的燈籠啊！
沒有人在門內回首　望你
孤獨地守著屋角的沉寂
寒夜之中
你無悔得挺著寬容的圓
報以親暖的昏黃

野店牆外　誰來做燈籠？

夜遊秦淮河近酒家

野店燈籠（現代版）

2013／11　T14

小時候拜讀古龍的武俠小說，總是幻想自己是荒漠的大俠，一生窮困只因流浪天涯，一世悲苦只爲覓得知己。長大後發現，不必流浪也會在城市迷失；人生無盡的悲苦，是因爲不能爲別人點燈照明，何來知己！？

長路荒山困倦
尋覓一家野店
燈火和炊煙應會燃起
在夜落之後掩匿孤寂
牆角外　誰來掛起一盞燈籠
淒冷中　沉默懸念一朵昏黃

無垠　是旅程終點
客棧　讓心靈靠岸
風後迤迤而來　是誰傾訴
燈前悄悄分享　他人孤獨
野店之夜　蹣跚的步履
將心停歇　一宿的相聚
今夜　誰做牆外燈籠
爲我　遮蔽心裡寒風
誰挺寬容的圓　堅定
懸掛內心的　光芒
明日離去門外　回首
愛讓遊俠上　心頭
野店牆外　寒夜正濃…
爲你掛起　一盞燈籠……

P.S. 今夜爲你點燈，做你知己。

霧峰高爾夫球場

麗江天堂

2013 / 09 T15

在淳樸美麗的麗江古城，看到一群老人聚會後累了，坐在石階上休息，無言張望古城的千年過往；心中挑起無限的悸動，他們看到的自然美麗，應該是自己的純眞過往吧！就像是千年來清澈依然的護城古河，環抱著麗江如生生世世的母親。

中國麗江

華麗衣裳無關　聚會
言語太多不能　安慰
我們蹲坐觀望　歲月
的流失　像雙手滑落的水
一樣自然　無悔
今日盛裝不是爲你或　誰
走過期盼與失望的　輪迴
終於明白　無畏
年歲累積與青春的　夢碎
重新妝扮　體會
開心的美麗不一定　爲誰

無視人潮晃動的　迷惘
不解現代進化的　振盪
古城人日日無言　靜看
夕陽斜柳鴨雀的　休眠
歷史幽雅地流動　麗江
的古河　是千年溫柔的母親
從不停止　滋潤
純潔的心靈來自　世代溫暖
的擁抱　即使是一雙
粗糙的手　無關色彩豔麗的
衣裳　無視遊客推擠庸俗的
觀望　永恆的麗江

PS. 麗江古城的美，源自悠遠古樸的內心，
包含了人物、花草樹木與建築。

中國麗江

小丑之愛

2013／07　T16

小丑愛世人的　模式
和世人愛他　不同
小丑因爲簡單而　完整
悲傷和憤怒　其實
只是表情的轉換　心靈
善良才能恆常和　平靜

世人愛小丑的　方式
常帶著嘲諷　懷疑
臉孔塗裝後的　別人
苦臉或笑臉　其實
不是內心的表情　心境
單純才能富有與　輕鬆

痛苦或快樂的　決定
不在於小丑表演的　劇情
在於找回　掩藏自己
比小丑更複雜的面具下
失落已久的　感動

PS. 世人比小丑擁有更複雜
的面具！

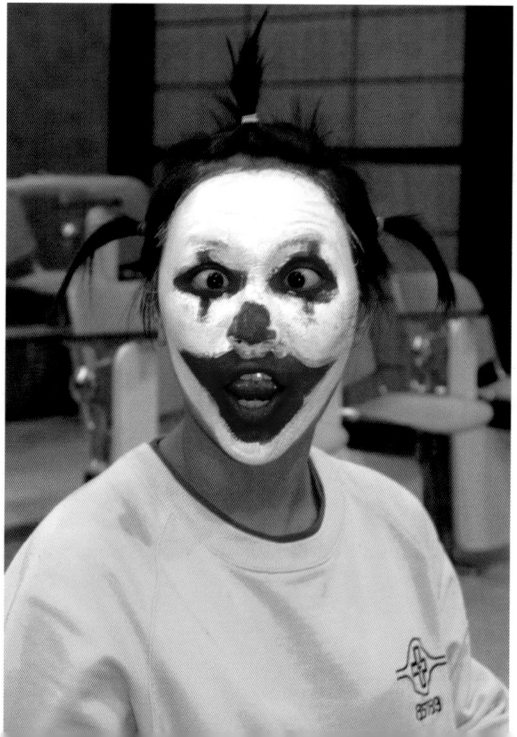

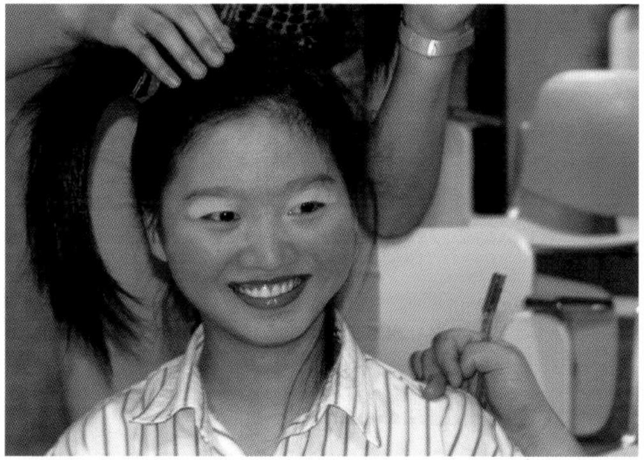

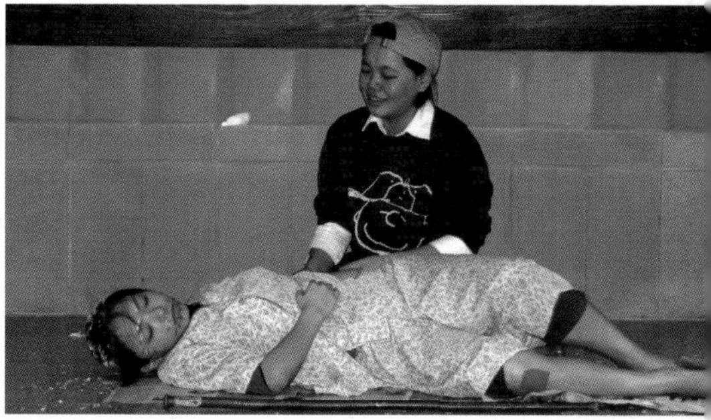

長庚護專期中考

戲劇人生

2013 / 06 T17

問題（一）：年輕時的戲劇（人生）跟年老後的人生（戲劇）有何不同？

答案（一）：可以重新演出的是戲劇，不行的是人生。

問題（二）：該成就一個人生還是成就一齣戲劇？

答案（二）：何不戲劇人生。

福岡太宰府

福岡太宰府

劇本的對白
攸關　生命的色彩
光與影的推展
卻無關　對與錯的裁判
無關　身影交錯後
殘留的深藍空白
歷史大多深沉
卻變化如莫測的大海

劇情多求精彩
生活卻選擇留白

生命無從延展
劇情卻沒有終站　可以
修改與重來
人生　經常不能開懷
圓滿　有時也些蒼白
生命該選擇忘懷
還是　至死不放的情懷

心情變動可如戲劇
人生卻寧可無趣

城市孤寂

2014/01　T18

在城市居住工作，可能比荒郊旅行還要寂寞，車水人龍往往讓人更加孤獨，工作不斷壓擠而心靈一再漂泊。每人的內心都須要一個休息的旅店，卻總是缺少一盞溫暖的霓虹，在冰冷的城市挺身向你擁抱。

每一扇門都是向內關著
封閉的世界自家稱爲窩
每一顆心都緊緊地鎖住
只顧自己的成長稱自負
城市喧鬧中最深沉的孤寂
人來人往中只能顧好自己

樹和樹之間沒有間距
枝葉無法伸展　只好彎曲
大樹茂盛不留出空隙
小樹不見陽光　只能凋敝
城市裡誰來留點空間　胸懷
讓出位置給弱者成長　仁愛

PS.
阿彌陀佛！
老吾老以及人之老，
幼吾幼以及人之幼。

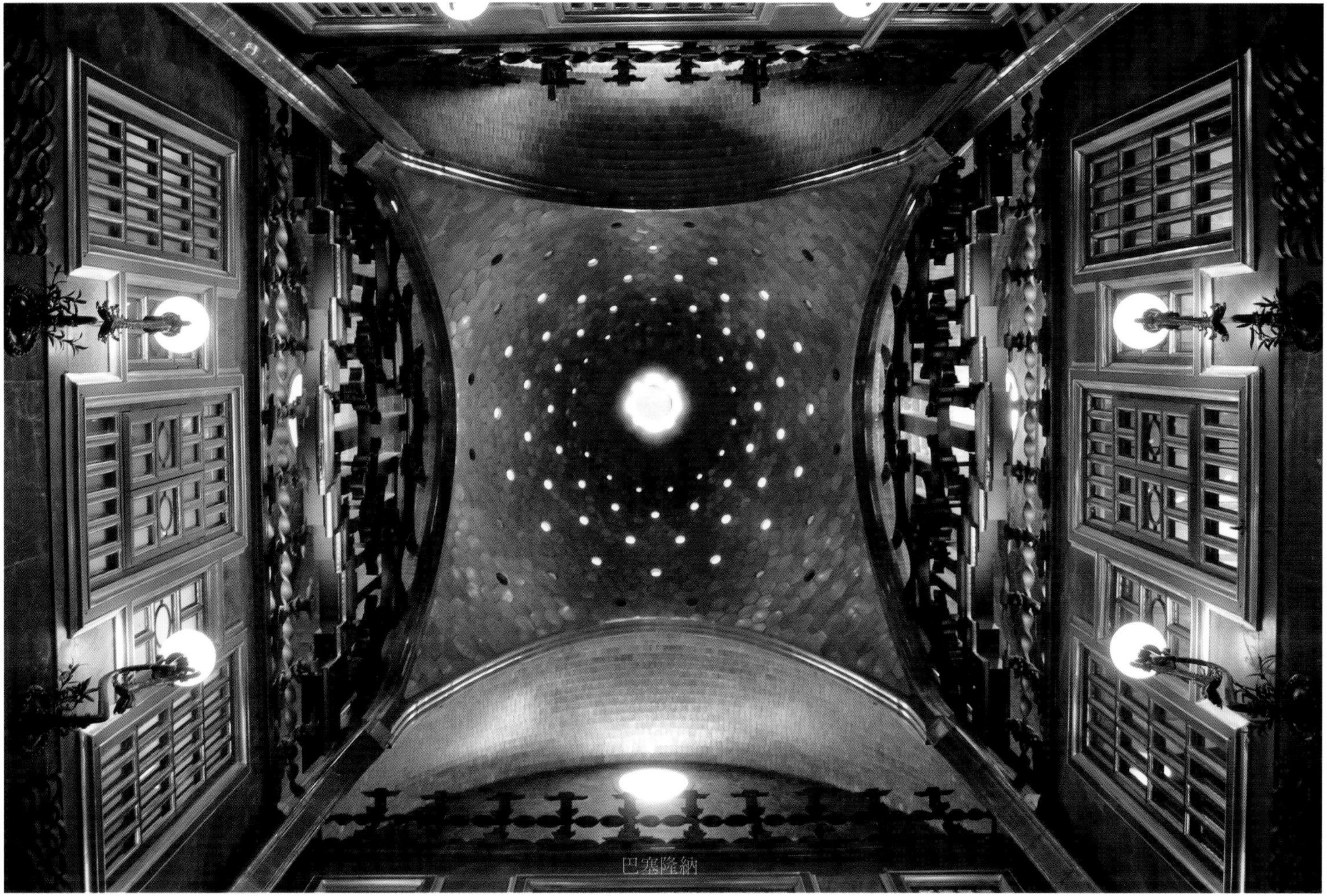
巴塞隆納

成功不必

2014/01 T19

成功基因沒有天才
靠著突變緩慢走來
刻畫出每一次的挫敗
傷痛後才能深刻明白
幸運不會允諾　永久未來

生命像曙光　乍現後
緊接著明亮非凡
還是像夕陽　絢麗後
卻面臨孤獨黑暗
答案不須要祈禱　卜卦
不如在心中　堅毅懸吊
希望的燈苗
在最孤獨的黑暗　掃描
羅盤指向　成功的方向

PS. 成功的秘訣不在基因的本質，在於心靈能承受多少的挫敗。成功的背後深藏著失敗的痛苦，成功不必歌頌，不須讚美。

杉林溪

卡通與哲學

2014 / 02　T 20

單純思考　是卡通
用心體會　是哲學
沒有卡通　難解哲學世界
放棄哲學　失去卡通人生
我活在哲學世界裡
嘗試過著卡通人生
醫學思考是哲學
倫理體會是卡通
跟病人互動像卡通　單純喜悅
與疾病奮鬥像哲學　揪心檢閱
我用卡通的　心情
進行哲學的　醫療
沒有天生的卡通級哲學家
做一位人人喜愛的好醫生
努力學習醫學繁複的哲學
同時恢復孩提單純的卡通

後記：憶我們天生都是好醫生，孩子的時候帶著卡通的特質，擁有喜悅與單純。但是過多的學問和複雜的人生，掩飾了心靈的本質。學習做個好醫生，只要恢復簡單的思考，記住，雖然醫學是哲學，但是，病人是卡通。用卡通的心情與病人互動，充滿喜悅，用哲學的思考來治療病人達到完美。讓我們在醫學的哲學理，過著卡通的人生。

大與小是卡通
還是哲學的迷思？

慕尼黑附近雷根堡

阿爸的火柴盒

1981

2013 / 03 revised ×01

阿爸　不是一支現代的日光燈
阿爸　是一盒小小的火柴盒
每天一根一根地　燃燒自己

從小到大
每天吃飯　每年繳學費
偶而生病　談戀愛看電影
一根細小的火柴棒
是阿爸餒弱的身軀　一次一次
無怨無悔地　燃燒自己

小時後　吃飽了都在作夢
將來一定要比阿爸　還偉大
現在回頭　即使做了日光燈
光耀絕倫　卻也不能再替阿爸
破舊的火柴盒
添一些新的火柴枝

阿爸　雖然不是一支日光燈
阿爸　是一盒美麗的火柴盒

Vienna-Donauturm 維也納

Vienna-Donauturm 維也納

媽媽和鞋子

1981

2013 / 03 revised　X 02

小時後　媽媽幫我綁鞋
都得親自彎下腰
長大了　擦皮鞋、換新鞋
媽媽一路用腰支撐　我一路學
走了多少路　才能長大
媽媽的腰　彎曲拉拔我的挺拔

一雙鞋子　一日一日磨
舊了　到底要磨多久　才能停歇
媽媽的身體　一年一年老
壞了　到底要愛多久　才能盼到
孩子勇敢而堅定的邁出

現在長大了　終於明白
媽媽一雙粗糙的手　如何
成就我自傲的　細緻的雙手

家裡花園拍含笑

日月潭敲鐘紀念周汝川董事長

七里香

1973 ×03

放眼張看週遭的人們，有許少人正如那無奇的七里香，默默地
守著
一種香：「愛與被愛」……。

原來你可以矮矮地守著
也可以張成一座亭
可以長長的一簇
成爲一座綠色的樊離
也可以化幾個身
成爲一處綠意的動物園
然而，卻兀自地只孕
一種芬芳

淡淡地
在夜裡，要走近
要猛然地才能想起
那原來是你的芳香

所以，我說你就是
要找不易　卻到處都在的
七里香
恒守著平凡的綠
和清淡的香

花蓮海邊

Love
Is So
Beautiful!

冬日在觀音山的日落

1979 N 01

在你我披樹影冬眠的懷裡
夜　泅入無形的漩渦
無聲無息的吞噬著觀音山
和我
在一種昏死的瞠視
我意欲尋出觀音山在你瞳裡的成像
於是，夜遲疑的滑落
潑墨於你我和觀音山的髮際

墾丁南灣黃昏

夜歌

1977 Z 02

霜自腳底冉冉昇起
而月光也是
於是　昨夜李白悄悄來訪
是夜
我跪在床頭
難堪地嚼起
一片月光　一塊霜
再痛苦的把李白放進嘴裡
老母也嚼進去

附記：那個夜裡讀李白的「床前明月光，疑似地上霜；舉頭望明月，低頭思故鄉。」一股莫名的哀楚呼湧而來，於是只盼把李白所有的哀愁都吞食殆盡。

埔里鱺魚潭

河岸

1981 Z 03

那喜歡在河岸散步的習慣
和年齡已經走遠了
如今　兩岸河堤高高的築起
中間只剩一束細細的濁流
不再有魚蝦
可以眷戀　天黑後的釣者
不再有大腳的螃蟹
可以咬疼　少年的指頭

如今　踩在腳底下
是河堤高聳的平坦面
那曾經走過許多日子矇瞳
捽濕少年一身衣裳
讓少年日落不敢回家的兩岸，
卻深深的埋在堤岸了

我不禁地抬頭仰望
尤其在這樣絢染的夕陽下
我不知該如何回答
是不是黃昏走後
一切變得黑暗

福岡柳川

福岡柳川

福岡柳川

負情

1979 Z 04

那年
我們在南方找一塊土地
我離開後　妳落的淚
每年澆出一園青紫的花
妳耐心沿我留下的腳印
砌出一條小徑，通向小屋
在妳每日的照護
已足以佈置出一座宮殿

所以，我在一個風雨夜歸來
疲憊、襤褸和攜回一顆負情的
心
如果沒有你無語的眸子
如果沒有你解下的藍色羅衣
我的淚不會全乾
我的心不會從此埋下
一株懊悔秋騰的種子

彰化田尾

彰化田尾

彰化田尾

烙臉

1978 Z 05

〈1〉 前記

長城下　秦始皇的征夫
奮力掘出一條蜀道　佇立
思　像一隻傻楞楞的蠹蟲
于是　也想雲啊　也想一千條蜀道

眼角就彎成一種不堪回首的曲線
鑄這一張烙臉　陰沉沉地
嚼起老婦的思　和屍
蛾還有斷了線的那張臉

西去的老僧馱著萬萬典歸來
犁便成爲一種可笑的綴物
淚就縱橫　縱橫的落著
像崩潰的花的舞姿
散漫成一個萬花筒
　　萬個萬花筒
畸型的美化造一張烙臉

〈2〉後記

植起來的樹　老得掉芽之后
道德經的朱砂筆
把太陽高高的懸起
獨行僧熱戀著
連蟹行者也憎惡的一種橫行
已而　貓撲食這一塊夜
已而　留下一塊肉墊給我
沉默良久

自沙地長出榆樹
榆樹之心栽滿了落地生根
結爬上了每一個網目
唱一支叫烙臉的歌

一些舊愁心怨也說愁

遊子歌行

1978 Z 06

前言：客居異鄉，午夜夢迴：想昨日訪客仍在，而今日已歸，雖從家鄉帶來幾許欣慰，卻留下一身鄉愁。

夜踩著貓的腳步　猛然地
奪去我方酣的夢境
想著昨日　你迢迢而來
卻塑了我一身鄉愁

今夜窗前
雨水點滴的落著
整夜的轉身裡
輾響了半朽的的床柱
一聲春怨

埔里鱺魚潭

埔里鯉魚潭

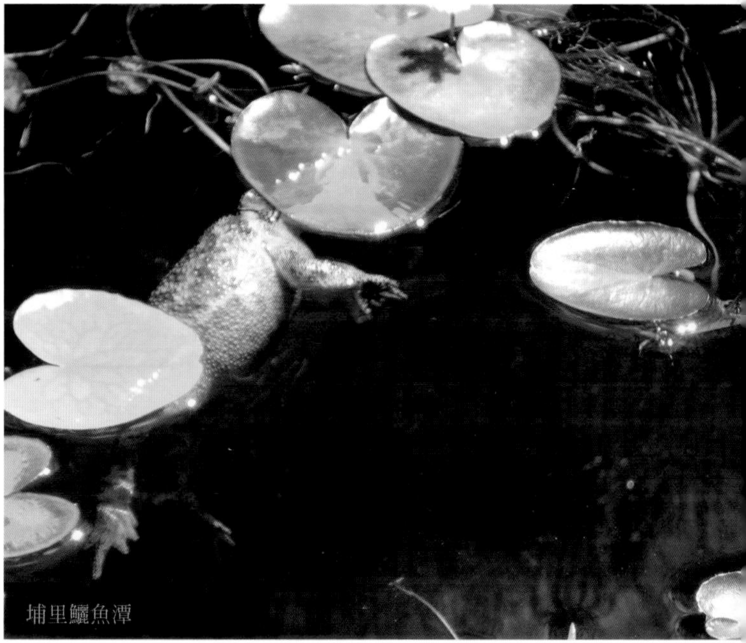

埔里鱺魚潭

樂繽紛 16

心情與色彩對白

作者 曹昌堯
發行 曹昌堯
攝影 曹昌堯
編輯 曹昌堯 何金庭 黃偉民
企劃 英商協諾股份有限公司
地址 台北市士林區文林路 575 號 2 樓
設計編排 黃偉民
電話 (02)26855274、0918217046

出版 樂果文化事業有限公司
讀者服務專線 (02)2795-3656
地址 台北市內湖區舊宗路 2 段 121 巷 19 號
劃撥帳號 50118837 號 樂果文化事業有限公司
印刷 瑞明彩色印刷有限公司
總經銷 紅螞蟻圖書有限公司
地址 台北市內湖區舊宗路 2 段 121 巷 19 號
電話 (02)2795-3656
網址 http://www.e-redant.com
電子郵件信箱 red0511@ms51.hinet.net

新修訂一刷 民國 103 年 12 月
定價 每本新台幣 580 元整

心情與色彩對白 / 曹昌堯作 . -- 第一版 . --
臺北市 : 樂果文化出版 : 紅螞蟻圖書發行 , 2014.08
面 ; 公分 . -- (樂繽紛 ; 16)

ISBN 978-986-5983-79-6 (精裝)

851.486 103016154